Le Vilain
Petit Canard

d'après Andersen
Illustrations originales de
Frédéric Stehr

exp tous les prés = almost all

Cette histoire commença par un bel été ; la campagne était splendide, et les foins qu'on venait de couper embaumaient tous les prés…

embaumer (reg.) = embalm

Au pied d'un château se trouvait un étang au bord duquel poussaient des plantes très hautes où les enfants adoraient se cacher.

Pond
beside which exp

Cet endroit était si calme et abrité qu'une maman cane l'avait choisi pour couver.

abriter de = to shelter

Elle était là depuis déjà longtemps et commençait à s'ennuyer quand enfin un matin… craquèrent les œufs ; les petits canetons, l'un après l'autre, sortirent de leur coquille, regardèrent autour d'eux en ouvrant grand les yeux : le monde leur paraissait immense !

— Et vous ne voyez pas tout ! leur dit la cane. Le monde s'étend bien au-delà du jardin, ouin, ouin…, mais je ne suis jamais allée si loin… ouin ouin… Êtes-vous bien tous là, mes petits ?

La cane jeta un coup d'œil sous son ventre. Le plus gros des œufs ne s'était pas encore ouvert.

— Qu'attend-il donc pour sortir celui-là ? Je commence à en avoir assez ! dit-elle en se recouchant dessus.

[handwritten notes in margin: exp / autant = as / en effet = indeed]

Une vieille cane des environs passa lui rendre visite.

— Oh ! Mais c'est sûrement un œuf de dinde, ouin, ouin…, que tu couves là, ma pauvre. Il vaut mieux le laisser, crois-moi ! Les dindonneaux ont peur de l'eau, il ne voudra jamais nager ! Occupe-toi donc des autres plutôt ! Ouin, ouin…

Mais la maman répondit :

— Maintenant que j'ai commencé autant continuer. Il ne devrait plus tarder ! Ouin, ouin…

Le lendemain, en effet : crack, crack, l'œuf se fendit et bientôt le dernier apparut.

— Pip, pip, fit-il en sortant de sa coquille. Sa mère le regarda très étonnée : il était beaucoup plus grand que ses frères – mais surtout très très laid.

— Oh ! mais tu m'as tout l'air d'un dindonneau, toi ! s'exclama-t-elle, on va le savoir tout de suite. Allez ! A l'eau ! Ouin, ouin…

[handwritten notes in margin: = fendiller = / se fendre = / to crack / to split / to crack / to clear / to lunge]

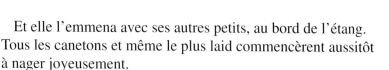

Et elle l'emmena avec ses autres petits, au bord de l'étang.
Tous les canetons et même le plus laid commencèrent aussitôt
à nager joyeusement.

— Si ce n'est pas un dindonneau, alors qu'est-ce que c'est ?
Enfin on verra bien ! Allez, les enfants, venez maintenant que
je vous présente à toute la basse-cour, ouin, ouin… Et ils
trottinèrent à la queue leu leu jusqu'à la ferme voisine. Dès que
les autres canards les aperçurent, ils s'écrièrent :

— Oh, regardez le gros ! ce qu'il est laid, d'où sort-il celui-là ?

— On ne va tout de même pas garder ça dans notre famille !
cancana l'une des canes en s'avançant, et elle donna un méchant
coup de bec au petit qui n'était pas comme les autres.

= immediately

La maman furieuse dressa aussitôt le cou et prit sa défense.

— Laissez-le donc tranquille, il n'a fait de mal à personne ! Ouin, ouin…

= barnyard

Le plus vieux canard de la basse-cour, qui était respecté de tous, s'approcha d'elle en boitillant. _to limp_

— Ce sont de beaux enfants que vous avez, ouin, ouin…, à part ce gros-là qui est vraiment, vraiment… excusez-moi, ouin, ouin… mais qui n'est pas très réussi !

— Réussi ou pas, c'est tout de même mon caneton, ouin, ouin…, dit la maman cane, un peu vexée.

Les semaines passèrent, et le vilain petit canard devint peu
à peu le souffre-douleur de tous ; les poules le piquaient et
le bousculaient ; le dindon orgueilleux se précipitait sur lui en
gonflant son jabot pour lui faire peur, les enfants de la ferme lui
donnaient des coups de pied et même ses propres frères en avaient
honte et voulaient le chasser.

Un soir, l'un d'eux alla même jusqu'à dire :

— Si seulement le chat pouvait l'attraper ! En entendant cela
la mère prit à part le pauvre petit :

— Il vaudrait mieux pour tout le monde que tu t'en ailles loin
d'ici ! Ouin, ouin…

Alors le malheureux caneton n'eut plus qu'à s'envoler par-dessus la haie. Au matin, l'un des canards sauvages des marais voisins, en le regardant de plus près, lui dit : *hedge*

— Ce que tu peux être laid ! Ouin, ouin…

— Beaucoup trop laid en effet pour faire partie de notre famille, ouin, ouin ! lança le plus vieux en prenant son envol suivi par tous les autres.

Le petit canard se promena un moment, puis il rencontra deux jeunes oies sauvages :

— Comment est-il possible d'être aussi laid ! dit l'une d'elles en pouffant de rire.

— Viens donc avec nous, on va te montrer à nos amis, cela les amusera beaucoup, gloussa l'autre…

A ce moment, des coups de fusil claquèrent dans le ciel, et les oies affolées s'envolèrent, fuyant de tous les côtés. C'étaient des chasseurs, et leurs chiens avançaient dans les marais.

Le petit canard, caché dans les roseaux, se mit la tête sous l'aile.

Soudain, un chien énorme surgit ; il avait la langue pendante et de méchants yeux brillants ; il approcha sa gueule tout près de lui, montra ses crocs luisants, mais finalement s'en alla sans même le toucher.

— Je suis si laid que même le chien ne veut pas de moi, soupira le caneton plus désespéré que soulagé.

Ce fut seulement lorsque le calme revint tout à fait qu'il se redressa et quitta le marais. Le vent s'était mis à souffler violemment et le faisait trébucher.

Au soir, il parvint à une misérable cabane de paysans. Le caneton pouvait à peine tenir debout dans la tempête mais, tant bien que mal, il réussit à atteindre la porte et à se glisser à l'intérieur pour s'abriter.

Une vieille femme vivait là en compagnie d'un chat et d'une poule.

Le chat faisait le gros dos, ronronnait, la poule pondait toujours de très beaux œufs et la vieille femme les aimait tous les deux comme s'ils étaient ses enfants.

Au matin, la poule et le chat remarquèrent tout de suite le caneton. L'une fit : Cot cot cot ! Et l'autre ajouta : Miaou !… La vieille l'aperçut à son tour et s'écria :

— Ben, me voilà chanceuse ! Je vais enfin avoir des œufs de cane… sauf si c'est un canard. Attends de voir !

C'est ainsi que le caneton eut le droit de rester là quelque temps, mais il n'y fut pas très heureux non plus.

La poule et le chat se comportaient comme les seigneurs de la maison.

La poule lui demanda :

— Pouat, pouat, tu sais pondre un œuf, toi ?

— Non, répondit le caneton.

Et le chat lui dit :

— Miaou, tu sais ronronner, toi ?

— Non plus, fit le petit canard un peu honteux.

Plus tard, il eut envie de leur parler de la délicieuse sensation de nager, de barboter, de plonger…

— Tu es fou ! pour quoi faire ? dit le chat.

— Quelle idée stupide ! fit la poule d'un air méprisant.

— Vous ne pouvez pas comprendre, murmura le caneton tristement. Il savait bien qu'il ne saurait jamais ni ronronner ni pondre !

Désespéré, rejeté à nouveau, il décida de s'en aller.

Bientôt l'automne s'installa. Les feuilles jaunies tombèrent, emportées par le vent ; le froid devint de plus en plus vif, et la nuit le caneton transi grelottait.

Un soir, il y eut un magnifique coucher de soleil.

Le petit canard, émerveillé, le contemplait, lorsqu'il vit surgir des buissons un groupe de grands oiseaux majestueux, d'une blancheur éblouissante, au long cou souple et fin : c'étaient des cygnes.

Ils poussèrent leur cri bien particulier, déployèrent leurs ailes gracieuses et s'envolèrent vers les pays chauds, au-delà des mers.

Le caneton les regardait disparaître dans le ciel en ressentant une impression étrange.

Jamais encore il n'avait éprouvé une si forte émotion et une telle attirance pour des oiseaux dont il ne connaissait même pas le nom.

Soudain un cri qui ressemblait curieusement à celui de ces cygnes lui échappa…

Il en resta tout tremblant de surprise…

L'hiver qui suivit fut atrocement glacial.

Le pauvre canard, affamé, devait sans cesse agiter ses pattes dans l'eau pour ne pas être pris dans la glace ; chaque jour, le trou dans lequel il nageait devenait de plus en plus petit, et une nuit, épuisé, il finit par ne plus bouger.

Un paysan le trouva au matin tout gelé et le ramena dans sa ferme. Là, on le réchauffa, puis les enfants voulurent jouer avec lui ; mais le caneton crut qu'ils allaient encore lui faire du mal, et il se sauva en renversant d'abord un bidon de lait puis un sac de farine, et pour finir un panier de pommes. Cela fit beaucoup rire les enfants, mais pas du tout leur mère qui voulut le rattraper. Par chance, la porte était ouverte et le petit canard réussit à s'enfuir dans la neige.

On ne sut jamais par quel miracle il survécut à cet hiver-là.
Les brises enfin s'adoucirent, le soleil se montra plus
fréquemment, le printemps était revenu.

Un matin, il se retrouva dans un jardin splendide où les fleurs
répandaient mille parfums. Et sur l'eau calme d'un bassin, que
vit-il ? De superbes cygnes qui glissaient le plus gracieusement du
monde. Le caneton les reconnut tout de suite. C'étaient ceux qui
l'avaient tant émerveillé à l'automne, et, irrésistiblement attiré par
eux, il s'approcha :

— Tant pis s'ils se moquent de moi, tant pis s'ils me chassent et
tant pis même s'ils me tuent, pensait-il en les rejoignant. Je préfère
encore cela à la solitude ou à la haine des autres animaux !

Les oiseaux merveilleux l'aperçurent et vinrent à sa rencontre.

— Tuez-moi si vous voulez ! leur cria-t-il en penchant sa tête sur l'eau. Mais quelle surprise soudain, son reflet n'était plus celui d'un vulgaire oiseau gris et laid… mais celui d'un beau cygne au plumage éclatant. Il ne comprit pas tout de suite que c'était bien lui qu'il voyait, lui qui avait grandi et changé.

Il était devenu un cygne que les autres à présent caressaient de leur bec.

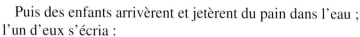
Puis des enfants arrivèrent et jetèrent du pain dans l'eau ;
l'un d'eux s'écria :

— Regardez ! Regardez, il y en a un nouveau.

— Oh oui, et c'est le plus beau ! s'émerveilla une petite fille.

Le jeune cygne que tout le monde avait toujours pris pour
un affreux caneton sentit alors une vague d'amour lui submerger
le cœur. Il laissa le soleil chauffer et gonfler ses plumes, étendit
ses ailes et pensa en levant la tête vers le ciel :

— Jamais, jamais je n'aurais imaginé qu'un jour je connaîtrais
un tel bonheur, moi le vilain petit canard !

Alice au pays des merveilles

d'après Lewis Carroll
Illustrations originales de
Yves Besnier

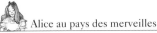

U n bel après-midi d'été, à l'heure de la sieste, la petite Alice, assise dans la prairie, écoutait d'une oreille distraite sa grande sœur lui lire un livre.

Tout à coup, un lapin blanc élégamment vêtu vint à passer près d'elle. Il paraissait très pressé ; Alice le suivit des yeux et le vit sortir une montre de sa poche en disant :

— Oh ! la, la, la, la, la ! Je vais être en retard, en retard !

La fillette, très curieuse de savoir où il courait ainsi, s'élança
à sa poursuite.

Elle s'engouffra derrière lui dans un terrier ; mais, soudain,
le sol se déroba sous elle, et Alice bascula dans un puits très étrange.

Durant sa chute interminable, elle eut tout le temps de regarder
autour d'elle. Elle se demandait si elle n'allait pas ressortir
de l'autre côté de la Terre, quand, finalement, elle atterrit,
en douceur, sur un tas de feuilles mortes.

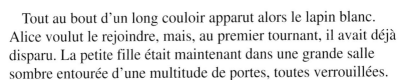

Tout au bout d'un long couloir apparut alors le lapin blanc.
Alice voulut le rejoindre, mais, au premier tournant, il avait déjà
disparu. La petite fille était maintenant dans une grande salle
sombre entourée d'une multitude de portes, toutes verrouillées.

Elle trouva sur une table une minuscule clé d'or, qui n'ouvrait
que la plus petite des portes ; mais l'enfant était bien trop grande
pour pouvoir sortir par celle-ci : elle ne lui arrivait qu'à hauteur
des mollets. Que faire ? Il y avait aussi un flacon de sirop rouge
cerise sur lequel était écrit : « Bois-moi. » La fillette ne put
résister à l'envie d'y goûter, et dès qu'elle en eut avalé une
gorgée, elle se sentit rapetisser... jusqu'à la taille d'une poupée.

— Eh bien, voilà ! Je vais pouvoir passer
par la petite porte...

Mais, soudain, son sourire se glaça : la table lui parut immense, et la clé d'or était restée dessus !

Elle vit alors une boîte de biscuits ; sur l'étiquette était écrit : « Mange-moi. » Alice l'ouvrit, en croqua un et se mit aussitôt à grandir, grandir... jusqu'à se cogner au plafond.

— Comment vais-je passer par la petite porte maintenant ?

Elle éclata en sanglots. Des larmes de géante coulèrent sur ses joues et firent bientôt une grande mare... qui monta, monta jusqu'à ses genoux.

Alors, vite, vite, elle attrapa le flacon de sirop et avala tout ce qui restait, sans en laisser une goutte. Alice redevint alors si petite que le flot de ses larmes l'emporta et la fit passer par le trou de la serrure de la petite porte.

Elle se retrouva, tout étourdie, sur un rivage inconnu.

Elle se sentait bien seule et commençait à regretter de s'être lancée dans cette aventure insensée, quand le lapin blanc, toujours en courant et en marmonnant, passa par là :

— La reine m'attend. Vite, je suis en retard, en retard ! Eh bien, que faites-vous là, vous ? Filez donc chercher mes gants ! cria-t-il à Alice en l'apercevant.

La petite fille, sans poser de questions, courut dans
la direction qu'indiquait le lapin blanc. Elle arriva bientôt à une
maison, y entra et alla jusqu'à la chambre ; sur une table étaient
posés les gants et juste à côté... un nouveau flacon qui portait
l'étiquette : « Bois-moi. » Dans l'espoir de grandir, Alice but une
belle gorgée, mais elle dut trop en avaler ; elle devint aussitôt
si géante qu'elle remplit toute la maison : ses bras sortaient
par les fenêtres et sa tête par la cheminée.

— J'en ai assez, décidément !

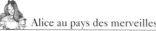

D'une seule main, elle fouilla la maison et trouva un bout
de gâteau ; elle le porta à sa bouche en se disant :

— Si, par bonheur, il pouvait me faire rapetisser !

C'est ce qui se passa : en un clin d'œil, elle était redevenue
petite, mais... aussi petite qu'un insecte ! Elle repartit
à la recherche du lapin blanc. Tout lui paraissait géant maintenant ;
une simple fleur lui semblait aussi haute qu'un arbre... Dans une
clairière, elle remarqua un beau champignon. Elle se haussa
sur la pointe des pieds pour regarder dessus : un ver à soie y était
allongé, il avait les bras croisés et fumait paisiblement
une curieuse pipe.

— Bonjour monsieur, pouvez-vous m'aider ?

— A quoi donc ? demanda le ver à soie.

— Je... J'aimerais bien retrouver ma taille normale !
Je ne mesure que six ou sept centimètres !

— Et alors, c'est une taille parfaite, c'est ma taille figurez-
vous ! rétorqua le ver à soie, vexé. Cependant, je vais vous aider...

Après avoir tranquillement aspiré quelques bouffées de fumée,
le ver à soie glissa jusqu'à terre :

— L'un des côtés vous fera grandir, l'autre rapetisser.

— Le côté de quoi ?

— Du champignon, voyons, lança
le ver à soie en s'éloignant.

Alice prit un morceau du côté droit, un autre du côté gauche
et les observa avec embarras :

— Lequel choisir pour grandir ? Il faut pourtant bien que
je me décide ! elle mordit vaillamment dans le morceau
qu'elle tenait dans la main gauche, tout en fermant les yeux.
Quand elle les rouvrit, elle vit au-dessous d'elle un océan
de verts feuillages : sa tête dépassait à présent la cime des plus
grands arbres.

Il lui restait encore dans la main l'autre morceau
du champignon. Vite, elle en grignota un tout petit bout
et, ô miracle, elle retrouva enfin
sa taille habituelle de petite fille.

Elle vit alors, perché sur une branche, un gros chat un peu
inquiétant mais souriant de toutes ses dents.

— Je suis le chat du Cheshire.

— Moi, je m'appelle Alice. Je cherche le lapin blanc, pouvez-vous me dire comment le rejoindre ?

— Peut-être le trouverez-vous par là, en compagnie du lièvre de mars et du chapelier. Tous les jours, ils prennent ensemble le thé, mais... ils sont complètement fous ; tout comme moi, d'ailleurs...

A ces mots, le mystérieux animal commença à disparaître, comme si on l'effaçait avec une gomme invisible ; seul son étrange sourire plana un moment au-dessus de la branche, puis Alice ne vit plus rien.

Elle marcha un peu et arriva près d'une maison bizarre.
Dans le jardin était dressée une table assez longue pour une
dizaine d'invités, mais seules deux places étaient occupées :
l'une par le chapelier, l'autre par le lièvre de mars.

Alice s'installa dans un large fauteuil moelleux.

— Mais il n'y a pas de place pour vous ! cria le lièvre de mars.

— Vous n'êtes pas très aimable, monsieur, dit Alice.

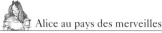

— Répondez donc à cette devinette ! Pourquoi un corbeau ressemble-t-il à un bureau ? demanda le chapelier.

Alice chercha cinq bonnes minutes et, ne trouvant pas, finit par dire :

— Je ne sais pas... Quelle est la réponse ?

— Aucune idée ! répondirent ensemble le lièvre de mars et le chapelier.

— Vous perdez votre temps bien sottement !

— Le temps ! vous en parlez comme d'une chose ;
moi, le temps, je le connais bien, nous nous sommes disputés
dernièrement... et, depuis, il est toujours six heures
à ma montre ! dit le chapelier.

Alice ne comprenait rien à cette conversation de fous,
elle en eut assez, elle haussa les épaules et s'éloigna.

Elle errait dans les bois depuis un moment, quand, une fois de plus, le lapin blanc apparut. Il courait encore et toujours en regardant sa montre :

— Vite, vite, plus vite, ou la reine me fera couper la tête !

Alice se précipita pour le suivre et pénétra ainsi dans un parc splendide.

Les jardiniers étaient des cartes à jouer vivantes :
ils s'activaient à peindre des roses blanches en rouge.

— Pourquoi faites-vous donc cela ? demanda Alice, intriguée.

Le cinq de carreau lui expliqua qu'ils avaient planté par erreur un rosier blanc au lieu d'un rouge et que si la reine venait à s'en apercevoir sa colère serait terrible...

A ce moment, on entendit une trompette, et des soldats « cartes à jouer » approchèrent ; les jardiniers, terrifiés, se jetèrent à plat ventre et la reine de cœur, énorme et toute rouge, arriva.

Elle était accompagnée d'un petit roi de cœur

tout timide et du fameux lapin blanc.

— Qu'est-ce que c'est que ça ? rugit la reine en montrant le rosier blanc à moitié peint en rouge. Encore ces imbéciles de jardiniers !...
Qu'on leur coupe la tête !

Puis, elle se tourna vers Alice :

— Et vous, qui êtes-vous ? Et d'abord, aimez-vous jouer au croquet ? Venez, nous allons faire une partie.

Drôle de partie ! Les boules étaient des hérissons, les maillets des flamants roses, et les soldats « cartes à jouer » se pliaient jusqu'à terre pour former des arceaux. Alice ne songeait qu'à s'enfuir, lorsqu'elle vit apparaître d'abord le sourire, puis le corps tout entier du chat du Cheshire. Elle commençait à lui dire combien ce jeu lui déplaisait, quand la reine surgit :

— A qui parlez-vous ?

— Mais au chat du Cheshire, vous voyez bien !

La reine tordit son cou de tous les côtés et ne vit rien : le chat avait disparu.

— On ne se moque pas de la reine ! Encore une erreur et vous aurez la tête tranchée...

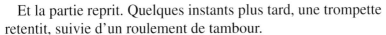

Et la partie reprit. Quelques instants plus tard, une trompette
retentit, suivie d'un roulement de tambour.

— De quoi s'agit-il ?

Quelqu'un répondit à Alice en l'entraînant que le valet de cœur
allait être jugé pour avoir volé les tartes aux prunes de la reine !

C'est ainsi qu'elle fut conduite dans la salle du tribunal, où, au
milieu de la foule, elle reconnut
le chapelier et le lièvre
de mars.

Le lapin blanc souffla dans sa trompette, et elle fut toute étonnée
lorsqu'il l'appela pour témoigner :

— Moi ? Mais je ne suis au courant de rien !

— Ce n'est pas grave ! répondit la reine, l'accusé est déjà
condamné à avoir la tête tranchée...

— Mais quelle bêtise ! Vous ne pouvez pas condamner
quelqu'un et le juger ensuite ! Ça n'a pas de sens !

La reine, furieuse et plus rouge que jamais, la montra alors
du doigt en hurlant :

— Qu'on lui tranche la tête ! Qu'on lui tranche la tête !

Et les cartes-soldats se jetèrent au visage d'Alice, qui fit aussitôt le geste de se protéger avec ses mains. C'est alors que ses doigts rencontrèrent quelque chose de doux, et elle s'aperçut que sa tête reposait sur les genoux de sa grande sœur, qui lui caressait tendrement les cheveux...

— Eh bien, ma petite Alice, quel somme tu as fait ! Viens, c'est l'heure de goûter... lui dit-elle en la prenant par la main.

Et elles se dirigèrent vers la maison, où leur maman les attendait.

Édité par :
Éditions Glénat
Services éditoriaux et commerciaux :
31 – 33, rue Ernest Renan
92130 Issy-les-Moulineaux

Conseiller artistique : Jean-Louis Couturier
Photo de couverture : Eric Robert

Imprimé en Italie par Eurografica
Dépôt légal : Août 2005
Achevé d'imprimer en Août 2005

ISBN : 2.7234.5295.6

Loi n° : 49-956 du 16 juillet 1949 sur les publications destinées à la jeunesse.